衛斯理系列 少年版 **27**

盜墓

上

作者：衛斯理

文字整理：耿啟文

繪畫：鄺志德

衛斯理
親自演繹衛斯理

老少咸宜的新作

　　寫了幾十年的小說，從來沒想過讀者的年齡層，直到出版社提出可以有少年版，才猛然省起，讀者年齡不同，對文字的理解和接受能力，也有所不同，確然可以將少年作特定對象而寫作。然本人年邁力衰，且不是所長，就由出版社籌劃。經蘇惠良老總精心處理，少年版面世。讀畢，大是嘆服，豈止少年，直頭老少咸宜，舊文新生，妙不可言，樂為之序。

倪匡　2018.10.11　香港

主要登場角色

病毒

白素

齊白

衛斯理

胡明

單思

第一章

莫名其妙

的 錄 音

　　一個 **仲夏** 的中午，我收到一部運動攝影機，是由一位職業十分奇特的人 **寄** 來的。

　　據這個人自稱，全世界能幹他這一行的，不超過三十人。當然，**濫芋充數** 的不算，真正有專業水準的，只有三人：兩個職業，一個業餘。

兩個職業好手，一個是埃及人，綽號叫「**病毒**」。這個綽號的由來，和他的職業有關，指他能**穿透**任何細小的隙縫。

病毒今年九十高齡，已經**退休**，據説，他正在訓練一批新人，但尚未有成績。他生活相當優裕，居住在開羅近郊的一幢大別墅中，不輕易露面，侍候他的各色人等有八十二人之多。

第二個，就是把運動攝影機寄給我的那個人，他的名字是**齊白**。當然，那是譯音，原文是CIBE。這名字是他自己取的，以**四大古國**中國、印度、巴比倫和埃及的第一個字母拼成。據齊白自稱，他有着這四大古國的血統，所以最適合幹他那種行業。

第三個是道地的中國人，名字叫**單思**，是單相的

弟弟。我在認識單相時，就曾取笑

他的名字，他一本正經地告訴我：

「我弟弟叫單思。」單家十分有錢，單

相、單思兩兄弟可以不用工作而過着極

舒適的生活。

單思學的是**考古**，所以後來發展成為那個行業中

的業餘高手。他的衣著打扮永遠走在時代的最尖端，絕不

像一個考古學家，他常在自己的額角上貼上一枚金光閃閃

的**星星**，又將頭髮染成淺藍色，看到他的人，一定會認

為他是一個流行歌手。

他們所從事的工作，照他們自己的說法，是「發掘人

類偉大**遺產**」、「揭開古代人生活奧秘」……講得非常

偉大，說穿了，就是盜墓人。

據我所知，病毒九十歲生日那一天，三大盜墓人曾經有過一次叙會。

就在這次叙會之後幾個月，我收到齊白從埃及寄來的這部 **運動攝影機**，包裝得十分仔細，用一塊舊麻布重重包裹着，裝在一個厚厚的 **大木箱** 中，用一種土製的長釘子將木箱釘得十分堅固，使我要花 二十分鐘 時間才能將木箱撬開來。那塊舊麻布散發着一陣極難聞的霉味，我匆匆將它解開，拋進了垃圾箱。

當我發現那是一部運動攝影機的時候，我還未知道是齊白寄來的，心中只感到 *莫名其妙*，到底是誰把這東西寄給我？

我打開運動攝影機，隨意  拍攝 了十來秒的片段，然後重播看看，發現影片只有聲音，沒有畫面，我立刻在心裏暗罵：「是哪個笨蛋誤把我家當成電子產品公司的 維修部 ？」

我再按下攝影機的其他按鈕，發現攝影機裏還有兩段影片，便播放其中一段看看，同樣是有聲無畫，相信機器在那時已有毛病。

9

影片一開始，聲音很有 **恐怖片** 的味道，聽來十分空洞，有腳步的回聲，像是有人戴着運動攝影機，在一個有回聲的空間向前走。

接下來，足足五分鐘之久，全是同樣的聲音，偶然會有一兩下聽來像是 **風聲** 一樣的聲響。

又過了三分鐘，忽然有另一種聲音。那是喘息聲，毫無疑問，有人在喘息，而且他的 **嘴** 一定距離攝影機相當近，因為每一下吸氣聲，都十分清晰而恐怖。

接着，我精神 **為之一振**，因為我聽到了齊白的聲音，原來這東西是齊白寄來的，他一邊喘氣，一邊在 **自言自語**：「我不知道自己在什麼地方，也不知道已經在這裏多久了，我……我……看到的是什麼？真是難以形容，可以說是一條走廊，然而，這真是走廊嗎？」

　　我認得那是齊白的聲音，他的話持續了很久，大約有十五分鐘，有時像自言自語，有時像不知在對誰說，聽起來簡直是**語無倫次**。

　　但其中一句突然又引起了我的注意，他說：「那該死的病毒！他到底叫我來了什麼鬼地方！等一等！等一等！」

　　齊白好像發現了什麼，叫了兩聲「等一等」，然後就是一陣急促的喘息聲和腳步聲，顯然在向前奔去。

　　大約半分鐘後，他又開口叫：「這是什麼，這究竟是什麼？天啊！我究竟到了什麼地方？這和我想像的完全不一樣⋯⋯我⋯⋯是不是觸動了什麼**咒語**、什麼機關？不！我一定是來錯地方了，病毒這老頭子，他為什麼？」

　　在這句話之後，又是連續的**腳步聲**，空洞而有迴響，足足又走了二十分鐘，他忽然大叫：「到了，我真

的來到了！看！快看！」我不知道他是自言自語，還是在叫誰去看，反正我是什麼也看不見，因為攝影機從一開始就壞了，拍攝出來的影片只有聲音，沒有畫面。

齊白忽然激動地叫着：「這個時刻終於來了！我*這一生*……到這裏……是終極了，再不能有任何進展。我要告訴全人類，我看到了**終極**，我們所有人都到了終極！」

我不知道他一直叫嚷着的「**終極**」是什麼意思，影片到這裏突然完結，似是機器故障所造成的意外中斷，我於是播放另外一段影片，同樣有聲無畫。

這段影片更古怪，只有一連串類似玻璃破裂的聲音，和齊白重重的喘息聲。最後只聽到他驚叫了一句：「這……這……發生什麼事？為什麼會這樣？」

他說完這句話，影片又突然 ◉**結束**了。

齊白這傢伙到底在搞什麼鬼？把這東西寄給我的目的是什麼？跟我**開玩笑**？還是他遇到了什麼意外，要我去救他？該不會把我當成維修員，讓我幫他修復影片的畫面吧？

第二天，我在書房工作時，聽到一下驚呼聲和一陣激烈的犬吠聲，我忙探頭向窗外看去，看到我養的兩頭狼狗，正**撲**向一個人。從樓上看下去，只見那人衣衫襤褸，看不清他的容貌。

那個人正在閃避着那兩頭大狼狗，我不知道那人是從哪裏來的，因為院子的**鐵門**鎖着。我打開窗子，向下大聲叱喝兩隻狼狗的名字，牠們立即靜下來。

那人抬起頭，雖然滿面**鬍子**，臉上也骯髒不堪，但我還是一眼就可以認出他是誰，不禁大叫起來：「單思，你在搞什麼鬼？為什麼會變成這個樣子？」

第二章

盜墓者單思 的怪行為

單思二話不說，向屋子*疾奔*過來，窮兇極惡地擂門。

我連忙離開書房，下去開門，正想**指摘**他幾句，他已經叫了起來：「拿來！快拿來！」

我怒問：「**你瘋了**，我欠你什麼？」

他情緒很激動，叫道：「拿來！齊白給你的東西！」

15

「齊白?」我怔了一怔，立時想起了齊白寄給我的運動攝影機，便說：「喔，那部運動攝影機?」

單思呆了一呆，「攝影機?」

「是啊，一部有毛病的運動攝影機，拍出來的影片只有聲音，沒有畫面。機器裏有兩段齊白拍的影片，也是只有聲音，聽得我莫名其妙，不知道他在幹什麼。那攝影機我送去修理了，不過那兩段影片我有拷貝 到電腦去，可以播放給你聽聽。」

我一邊說着一邊走上樓梯，回書房去。但單思情緒依然很激動，跟在我後面，怒道：「衛斯理，別裝瘋賣傻了，快拿出來，我要的不是攝影機，是另外那個東西!」

　　我被他弄得**哭笑不得**，一邊走向電腦，一邊說：「真的沒有其他東西，他就只寄了一部攝影機給我。」

　　我準備開電腦的時候，單思變得更加緊張和驚慌，着急地說：「不！不要播放！把影片刪了！把攝影機*丟掉*！只需要把那件東西交給我！」

　　我不知道他在發什麼神經，沒理會他，照樣開啟了電腦，卻冷不防平日十分斯文的單思，竟突然從後偷襲，隨手拿起書桌上一個擺設，將我擊暈。

不知道昏迷了多久，**後腦**上針刺一樣的疼痛把我痛醒，然後聽到白素的聲音在急促地問：「誰來過？」

白素是在問老蔡，我們的老管家老蔡回答道：「我不知道，我也是剛**買菜**回來。」

我又感到了一陣灼痛，白素在替我包紮**傷口**前，用酒精消毒，刺激了傷口，我同時哼了一聲：「是單思。」

這時我才睜開眼來，看到眼前的情景，不禁驚呆住了，然後**怒火中燒**，整個人跳起來，破口大罵：「單思這王八蛋，我要將他捏死！」

我看到我的書房一片凌亂，每一個抽屜都被打開來，**抽屜**中的東西全倒在地上，書架上所有書籍散落一地，整個書房被徹底搜索過的樣子。

白素極力安撫着我，問道：「單思做的？」

「就是他!」我氣得七竅生煙,「他以為我是死了很久的死人?以為我這裏是一座古墓?」

白素扶我半躺下來,溫柔地説:「你的傷倒沒有什麼,幾天就會好。」

我伸手向後腦勺摸了一下,憤然道:「我可等不到幾天,我這就去找他!」

「也好,去問問他為什麼要這樣做。」

我和白素換好衣服,便一起出門。

單思是單身漢,住在一幢極大的花園洋房,屋內全是他自世界各地古墓中盜來的寶物。

白素駕車前往單思住所的途中,我將事情始末向她叙述了一遍,包括

齊白寄給我一部運動攝影機，機器裏有聲無畫的影片內容，還有單思 **邋遢** 得像個乞丐一樣來找我要東西，最後將我擊昏的整個過程。

大約半小時後，車子轉入了一條 **斜路**，可以看到單思那幢在山上的花園洋房，是他的祖上建造的，建築設計相當舊，卻 **保養** 得很好。

來到大鐵閘前，我下了車，去按 **門鈴**，對講機很快傳出一個男人的聲音：「請問有何貴幹？」

「我姓衛，來找單思。」

那聲音說：「對不起，單思先生不在家。」

我 **火冒三丈**，「別對我説這種廢話，快打開鐵閘，讓他出來見我，別以為一道閘就可以攔得住我！問問他剛才在我家裏幹了些什麼，叫他快點滾出來見我，我還可以饒他一命！」

等我罵完了，那聲音才保持禮貌地説：「先生，別生氣，單先生真的 **不在家**，兩個月前他到埃及去，沒有回來過。」

我大聲道：「把我衛斯理當笨蛋嗎？我才不信，**快讓我進來！**」

而那聲音突然緊張道：「原來是衛斯理先生，請進來，真對不起，不知道是你，我們正在等你，請進來。」

那人一聽了我的 **名字** 之後，忽然變得熱情起來，我也不知道是什麼原因。

鐵閘打開了，我和白素進入花園後，一共有七八個人

列隊迎接我們，個個神態恭敬。其中一個 **禿頭** 的中年人還施禮道：「歡迎，衛先生，請進。」

我心中十分疑惑，心想多半是單思知道自己把我惹怒了，所以吩咐屋裏的人對我這樣客氣。

人家既然笑臉相迎，我倒也不便發作，點了點頭，便向屋內走去，心想單思這傢伙真是 **詭計多端**！

我和白素才坐下來，在門口迎接的幾個人又列隊站在我的面前，那禿頂男人向我深深 **鞠躬**：「衛先生，我叫馮海，你叫我阿海好了。我是這裏的管家，這些男女 **僕人** 全可以聽你的命令。」

我「哼」地一聲說：「單思以為這樣子，我就會放過他？叫他滾出來！」

馮海呆了一呆，有點 **不知所措**，「衛先生，主人不在家，兩個月前，他到埃及去，一直沒有回來過。」

「他不在？」我冷笑着質問：「那麼是誰 **吩咐** 你對我這樣客氣的？」

「是單先生。」

我禁不住破口大罵：「那就是了，叫他滾出來！」

馮海的 **眼睛** 睜得老大，

一副驚訝莫名的神色，「衛先生，只怕你誤會了，單先生吩咐我們，只要你一來，你就是這幢房子的 **主人**，我們要聽你的命令，隨便你喜歡怎麼樣，就算你要放火燒房子，我們也要幫着你。不過，這是他兩個月前，離家到埃及去的時候說的。」

我不由自主地 *眨着眼* ，實在想不明白，兩個月前單思離家到埃及去，為什麼要吩咐他的管家，我可以做這屋子的主人？

白素同樣很詫異，問：「馮先生，請你慢慢説清楚。」

馮海忙道：「叫我阿海好了，是，我慢慢説，大約在兩個月前，單先生接到了一通 *長途電話*，一聽就大叫了起來。」

「他當時説了些什麼？你盡量記得多少就説多少。」白素鼓勵道。

「嗯。」馮海一邊回想，一邊説：「單先生對着電話叫道：『 齊白 ，你簡直不是人！』對方講了些什麼我不知道，單先生後來又説了一句：『 **當然等我**

來，怎麼能**沒有我參與！**』」

我和白素互望一眼。電話毫無疑問是齊白打來的。

馮海又繼續說：「對方又講了些什麼，我也不知道，只聽到單先生說：『不！不要*單獨*行動！等我來了再說，我立刻就來！就在這時，單先生提到了你的名字，他說：『為什麼要告訴衛斯理？他……』」

馮海講到這裏，向我望了一眼，神情有點**猶豫**起來，白素又鼓勵他：「不要緊，這又不是你說的，只管轉述好了。」

馮海這才敢說：「單先生說：『為什麼要告訴衛斯理，他懂個屁。我立刻就來，記得等我！』單先生說『立刻就來』，果然是立刻，一放下電話，就**吩咐**我準備車子，送他到機場去，並買了最快前往開羅的航班**機票**，匆匆出發。他在臨上飛機的時候，又提到了衛先生你的名字。」

他講到這裏，神情又猶豫起來。我已料到單思不會有什麼好話，便故作大方道：「你只管說，單思根本是一頭怪驢子，不論從他 😁 口 中講出什麼來，我都當他放屁。」

馮海竭力忍住了笑，保持 **一本 正經** 的神情，「單先生說：『阿海，你聽着，我走了之後，有一個人可能會來找我，這個人叫衛斯理，他根本是一頭怪驢子，不過，萬一他來 **發脾氣**，你們就把他當作屋子的主人，都得聽他的話，就算他要放火燒了房子，也得幫着他，好讓他消消氣。』」

第三章

來歷不明的玻璃磚

馮海的叙述告一段落，我揮手道：「你們先去忙自己的，等一會有事要問再叫你。」

馮海大聲答應着，叫男女僕人離去，自己則退到**客廳**的一角，垂手恭立。

我對白素説：「從單思的答話看來，齊白在埃及有了什麼**驚人**的發現，告訴了單思，單思十分積極要參與，但認為我『懂個屁』，不必叫我。能夠將齊白和單思兩人

聯繫 在一起的，只有古墓。而單思能那樣看不起我，説我『懂個屁』的，也只有盜墓這回事。」

白素 **點頭** 道：「齊白一定是發現了一座極偉大的古墓，使單思一秒鐘也不願 **耽擱** 就趕去參與。」

我來回踱着步，「單思一去就是兩個月，難道一直在古墓之中？」

白素説：「不見得，其中只怕又有 **曲折**，他們可能在古墓中發現了一些東西，齊白並沒有給他，而是交了給你。」

「齊白並沒有交什麼給我，除了那個運動攝影機。」

「至少，單思以為齊白將東西交了給你，所以來向你 **拿**，可知他和齊白之間另有曲折。」

我苦笑道：「我們瞎猜也沒有用，他既然回來了，總要 回家 🏠 的。」

白素向馮海望去，馮海忙挺直了身子。

白素説：「單先生已經回來了，不過可能有什麼原因還未回家，你派人盡可能去找他吧。」

馮海大聲答應着，立即走了出去。我信步來到幾個陳列櫃前面，看看櫃中 **收藏** 着的各種 **精品**，全是世界上所有博物館和收藏家都夢寐以求的東西。

　　我和白素商量了一下，不如先回去再説，便又吩咐馮海，只要單思一出現就通知我。為了怕單思不敢和我見面，我還特地表示「**一切既往不咎**」。

　　回到家裏，傷口難免令人感到不舒服，我倒在牀上就想睡，白素忙着替我收拾書房，我矇矇矓矓正要入睡之際，白素突然走了進來説：「你睡着了麼？你看看，這是什麼？」

　　我睜開眼來，看到白素站在**牀**前，雙手像是捧着東西，可是一時之間又看不見她手上有任何東西。我坐了起來，細心一看，原來她捧着一個 **玻璃盒子**。

　　我揉了揉眼睛，「玻璃盒子？哪裏來的？」

　　「你看清楚，這不是玻璃盒子，是一整塊玻璃。」她將玻璃交給我。

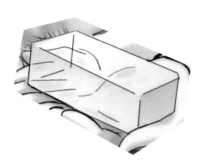

這塊玻璃相當重，是一整塊完全實心的玻璃，極其晶瑩透徹，一點**氣泡**也沒有，尺寸大約是十厘米乘十厘米乘三十厘米，説它是「一塊很大的玻璃磚」會更貼切。

「這玻璃是哪裏來的？」我又問。

「在你書房，一大堆書下面，**書**從書架上倒下來，我整理的時候，看到了它。」

我搖着頭，「我從來也沒有見過這塊玻璃。」

「真怪，我也是因為沒見過，所以才拿來問你。」

我**毫無頭緒**，只能瞎猜：「或許是什麼人來看我的時候，留下來忘了帶走，難道是單思？」

白素很疑惑，「單思來的時候，有沒有帶着這樣沉重的玻璃，難道你沒有**注意**到？」

「我眼前所見是沒有，但他那樣 **古怪**，誰知道他有沒有先把東西放在什麼地方呢。」我嘆了一口氣，「希望快點找到他，向他問個明白。」

白素又將那塊玻璃接過來，放到一個架子上，充當 **裝飾品**。

這時，電話鈴聲響了起來，我抓起手機接聽，那邊立即傳來一把十分 **急促** 的聲音：「衛斯理？」

我一聽就聽出那是警方的黃堂，他在喘着氣説：「有一個叫單思的人一定要見你。」

我精神為之一振，「單思？他在什麼地方？」

「他在一幢大廈的 **天台** 上。」

我皺了皺眉，完全弄不清楚是什麼情況，但忙道：「好，他在哪一幢大廈？快告訴我，我也等着要見這個人。」

黃堂告訴我那幢大廈的名字，我不禁怔了一怔，那是 **市中心** 最高的一幢大廈。我說了一句「我馬上來」，便匆匆駕車趕去。

駛近大廈時，路旁已聚集了許多人，他們都抬頭向上望，有不少 **警員** 在維持秩序，還有幾輛消防車。

當我駛得更近一些時，兩名警員走過來說：「天，你再不來，黃主任會 **吞** 了我們。」

黃堂的手下簇擁着我乘搭 **升降機**，我趁機問：「那個人在大廈天台幹什麼？」

一個警官說：

「他要自殺。」

我不禁呆住，

當升降機到了頂

樓，立即衝了出

去，再 **跑** 上一道樓梯，看到了通向天台的門。

黃堂與許多警員站在 **門** 內，他一見到我就鬆一口

氣，「好了，你來了。他不准我們接近。」

黃堂説完又轉過頭往外喊：「衛斯理來了！」

我往外看，看到了單思這傢伙正站在天台的

圍牆 上！

天台的圍牆只有一米高，約三十厘米寬，單思就這

樣 **站** 在上面。

我一看到這情形，**又驚又怒**，慢慢步出去，大叫道：「單思，你在搞什麼鬼？快下來！」

單思半轉過身子來，動作**驚險**得使每個看到的人都低叫了一聲。

他向我望來，同時伸手示意：「別走得太近，不然我就**跳下去**！」

「我是衛斯理。」我驚怒交集，卻又盡力保持溫和的語氣：「單思，你在開什麼玩笑？那有什麼好玩的，快下來。」

單思沒有**回答**我，只是急促地喘着氣。我一面摸着還紮住繃帶的後腦，一面說：「你怕我找你算帳？老實說，我沒有受什麼傷，我已經**原諒**了你。」

我非常緩慢地走近，關心地問：「好了，什麼事？究竟是什麼事？」

單思說：「他們要殺我。」

有人要殺他？這完全是思覺失調的症狀，我嘗試慢慢**引導**他：「有人殺你？是什麼人？下來再說好不好？」

他沒有理會我的話，忽然着急地問我：「衛斯理，我叫你來，是要**問**你一件事。」

「嗯，你下來問。」

單思沒有下來，還是站在圍牆上，「**齊白**真的沒有給你什麼？真的沒有？」

我又是好氣，又是好笑，但為了勸他下來，只好假裝道：「唉，就是為了那東西嗎？好，我承認，齊白給了我，你如果要的話，我帶你去拿。」

只見單思**慘笑**了一下，「那就好，在你手上，不易被人搶走。衛斯理，那東西極重要，重要到你**想像不到**的程度，絕不要對任何人說起，不然，你會有殺身之禍，

像齊白和我一樣。」

「你說齊白也被追殺?為什麼?事情太複雜了,你下來慢慢說好不好?」

「好,*我下來*。」單思說:「不過我已經沒有什麼好說的了。」

我連忙走過去接他下來,怎料他說的「*下來*」,是指另一個方向。只見他轉身向外,跳了下去。

第四章

難逃一死

　　那一下變化實在意外至極，幸好我正走過去，當單思向外一跳，我已經衝到了他的身後，伸手*抓*住了他的衣服。

　　要不是我左手在千鈞一髮之際抓住了圍牆，只怕我也被他**墜落**的力道扯下去，雙雙墮斃。

我的右手抓住了單思的衣服，他整個人已經到了圍牆之外，只憑身上的**衣服**拉扯着他不至於掉下去，但他的衣服正發出一下下撕裂聲。更要命的是，單思手腳亂動，一面掙扎，一面叫道：「*快拉我上去！快！*」

剛才他還擺出一副要尋死的樣子，我不禁痛罵：「你這個王八蛋，一跳又**後悔**了吧！」

我勉力穩住身體，但是無法將他拉上來，因為被我抓住的上衣正在撕裂，我也忍不住尖叫了起來。眼看衣服將要裂開，單思無可避免要掉下去之際，**兩隻手臂**及時伸了過來，抓住了單思的手。

原來是黃堂和另一名身形高大的警官及時趕來營救，終於把單思硬拖了上來，由於情況太驚險，我們四個人都彎着腰喘大氣，說不出話。

其他警員馬上帶單思去醫院檢驗，並到警署錄口供。

　　我等到呼吸暢順了，立即打電話給白素，通知她找律師到警署去**保釋**單思，我會在警署等她。

　　白素和律師來到後，律師迅即去**辦手續**，沒多久，單思就在律師的陪同下，走了出來。

　　我們一起離開警署，單思被我和白素夾在中間，律師跟在後面。

　　單思一面走，一面說：「本來我真的想死，因為我知道逃不掉，真的**逃不掉**，沒有人可以逃脫他們的追殺。」

　　「誰在追殺你？」我問。

單思嘆了一聲，有點 **一言難盡** 的感覺，「我會從頭講給你聽，不然你不會相信。剛才掛在半空的一剎那，我倒想通了，大不了就是死，怕什麼，反正準備死了，也就不必怕。」

我實在忍不住 **嘲笑** 他：「你剛才不就是很怕死嗎？」

連白素也忍不住笑，單思顯得很 *尷尬*，這時我們已經走下了警署門口的石階，單思要脅道：「那有什麼可笑的？你們再笑，我就不把事情說出來！」

我和白素連忙咬住  嘴唇 不笑，等他說下去。而可怕的變故就在這時候發生。

我們聽到一下急速而輕微的聲響，然後單思就整個人癱軟下來，鮮紅的血從他的 腦袋 湧出。我們很快就看明白：單思中槍了，一顆子彈，自他的左太陽穴直射了進去，在這樣的情形下，自然是 當場 斃 命 。

事情發生得太突然，倒是白素反應最快，立刻拉着我，迅速奔到一根**電線桿**後面，抬頭向對街看去。

我這才如夢初醒，單思是被狙擊手殺死的，從**子彈**射出的方向可以判斷，狙擊手就在對街某個天台或者窗戶後面。我居然沒想到那狙擊手可能還會開第二槍，而我也可能成為射擊的目標，還是白素夠冷靜，第一時間拉着我找**掩護物**。

白素指着對街，喘着氣道：「一定是從那些大廈中射出來的子彈，一定是。」

由於接近警署，大批警員很快就來到，相信狙擊手亦迅速**逃走**，不會再有行動。

單思死了，從他中槍倒地那一刻，我們就知道。

這一切發生得太突然，我一生之中受過的意外打擊極多，有的根本**匪夷所思**，但也沒有一樁如這次震撼。

幾日後，那部送去**維修**的運動攝影機已經修好，我取了回來，測試一下，拍片正常，聲畫俱全，但是，齊白所拍的那兩段影片卻無法修復過來，依然有聲無畫。我將影片重複播放了幾遍，聽到齊白提起病毒的時候，立即**靈光一閃**。

我對白素說：「那個地方是病毒叫齊白去的，如今齊白**不知所終**，單思又死了，唯一知道內情的人，就只剩下病毒！」

白素馬上看出我的意圖，「你要去找他？」

「嗯！」我果斷地點頭，「只有他才知道齊白和單思所去的是什麼地方，弄清了這一點，我們才有可能知道他們遇到什麼事，為什麼會招致 **殺**身之禍。」

白素也贊同：「對，我們應該到埃及去見見病毒。」

但我說：「不過單思的 案件 還有許多事要處理，你暫時留在這裏協助警方吧；我去見病毒，我們 分頭行事，隨時聯絡。」

「好。你有把握見到他？」

「那要看胡明是不是有辦法了。」

胡明是我的一個老朋友，開羅大學的權威考古學教授，我們曾經在《支離人》的事件裏有過一段極其驚險的經歷。由於胡明對一切古物都着迷，我可以肯定他和 盜墓專家 病毒有一定的聯繫。

　　病毒在退休之後，不願見人，所以我在**出發**前已和胡明通了一個電話，説我要見病毒，問他有沒有辦法替我安排。

　　胡明一聽我提及病毒，就顯得十分敏感，支吾其辭。我知道他身為一個國際知名的權威考古學者，如果名字和一個盜墓人連在一起，不是很光彩的事。但事實上，像胡明這樣的人，有時為了獲得出土的第一手資料和珍貴的**古物**，必然會和病毒這樣第一流的盜墓人有聯絡。

　　我告訴他，有一件極重要和神秘的事要見病毒，不管他有什麼困難，都必須幫我安排見面。

　　我登上飛機之後，閉目養神，腦海裏不斷思索着見了病毒之後，該如何開口，據説病毒**老奸巨猾**，只怕不容易從他口中套問出什麼。

　　我感到有人在我旁邊的座位坐下，沒多久，飛機起飛了，就在這時，我聽到身邊那個人**低聲**對我説：

「**打擾**你一下，有一些東西，在你手中，那東西對你來說，一點用處也沒有，是不是可以請你讓給我？」

我睜開眼來，看到坐在我身邊的那個人，約莫四十上下年紀，頭髮*稀疏*，有狡獪貪婪的神態。

我呆了一呆，「對不起，我不明白你在說什麼。」

「或許，這可以使你更明白？」那人現出一絲令人**討厭**的笑容，打開了一個精美的皮夾子，將夾在中間的一張支票，向我展示，那是一張**五百萬瑞士法郎**的支票 ！

我仍然不明白，「還是對不起，我不知道自己有什麼可以出讓的。」

那人笑了起來，「你知道的，衛先生。」

那人叫出我的**姓氏**，我有點吃驚，對方是有備而來的。

他向我湊近了些，「如果不夠，還可以再加一些。」

「不是再加一些，而是加 **很多**。」我故意這麼説。

那人皺了皺眉，「衛先生，我的權限，最多再加一倍。」

我吸了一口氣，加一倍，一千萬瑞士法郎，是個頗大的數目，可是我完全不知道他要的是什麼，他像給我 **提示**：「你有兩位朋友是盜墓人──」

聽他這麼一説，我馬上想起了齊白和單思，也知道這人要的東西，一定和他們有關，我想了一想，**装模作樣** 地説：「那你必須擴大你的權限，對於這樣珍貴的古物而言──」

我深信他要的東西一定和盜墓有關，不是「珍貴的古物」，還會是什麼？

可是當我一説「 **珍貴的古物** 」時，那人立即現出了一種十分奇怪可笑的神情，他竭力地忍着笑，卻終於忍不住，哈哈大笑起來：「什麼？衛先生，請你將剛才的話，再 **重複** 一遍。」

第五章

意想不到的真正身分

　　看到那人的 **反應**，我知道自己一定說錯了什麼，所以拒絕重複那句話。但他依然在笑着，而且不止他，我還聽到笑聲自 **四面八方** 傳來，至少有另外四五個人，在忍不住笑。我循笑聲看去，是三男兩女，他們顯然是我身旁那人的同伴。

　　那人拍了一下我的肩頭，「衛先生，真對不起，我們弄錯了，希望你 **旅途愉快**。」

　　我忙問：「怎麼，你⋯⋯不要了？」

　　「衛先生，你可以留着那『珍貴的古物』，如果你真有它的話。」他極力忍住不笑，我感到他們六個人完全把我當成傻瓜一樣。

　　我也有點老羞成怒了，冷冷地問：「一點也不好笑，你們屬於什麼 組織 ？」

我身旁那人冷靜下來後，回答道：「對不起，我們是 **聯富拍賣公司** 的職員。」

聯富拍賣公司是一家十分著名的拍賣行，以主持古物 **拍賣** 而聞名於世，那人又說：「聽說齊白又得了一些好東西，可能落在你的手上，所以我們受命來和你接觸。」

專門拍賣古董的拍賣公司，和盜墓人有聯繫，並不 **出人意表**。但剛才我說「珍貴的古物」時，他們大笑的反應卻十分出奇。

我故意說：「齊白有很多好東西在我這裏，貴公司有興趣的話，可以隨時找我來 **議價**。」

那人連聲道：「一定，一定。」然後轉過頭，和他的同伴交談，不斷討論着古董市場的情形。

我一面聽，一面心中冷笑，那些話分明是有意講給我

聽的，目的是要我相信他們真的是拍賣公司的職員，可是他們所說的內容**錯漏百出**，顯然並非這方面的專家，都是冒充的。

我裝作不注意，但**暗中觀察**着他們，我發現其中一個年輕人在填寫一份表格時，先伸手進他的上衣中**摸索**了一下，但隨即縮回手來，就在上衣的外袋中取出證件，照着證件來填寫表格。

這個動作非常短促，我卻留意到了。以我推測，這個人在填寫表格時，首先想到要照實填寫，所以才伸手到上衣內取證件，但他立時記起自己此刻有一個**假身分**，於是又匆匆縮回手來，從上衣外袋取出假證件。換句話說，這個人真正的身分證明，在他的上衣內袋之中。

有了這個發現，我的心情輕鬆了許多，先好好睡上一覺，等到達開羅後，在**下機**時，我經過那年輕人的身

邊，稍為向他身上 **靠** 了一下，就取了一個皮夾子在手，放進自己的衣袋中。

在通過當地的入境檢查前，我進了 *洗手間*，將取到手的皮夾子拿出來細看，裏面果然是一份護照，而且還夾着一張工作證，使我不禁呆住。

那是某國太空總署的工作證，上面有着那人的相片，工作單位是 **機密資料室** 。

那簡直不可想像，齊白會有什麼東西跟太空總署扯上關係？而太空總署的職員為什麼要冒認拍賣公司的人，還用偽造證件出入境？

　　我決定找那幾個人問清楚，於是匆匆走出洗手間，通過了檢查，來到了機場的**大堂**，東張西望地尋找，卻忽然聽到有人在喊我的名字：「衛斯理，你怎麼出來這麼遲。」

　　我循聲看去，看到胡明正向我走過來。

　　我連招呼也沒有打，就**着急**地問他：「怎麼樣，安排好了和病毒見面沒有？」

　　胡明一聽，立時皺起了眉，「你這人也真是，病毒是盜墓人，像我這樣的**身分**，和這種人來往，會遭人非議的！」

　　我又好氣又好笑，「別假撇清了，誰不知道你**手**中的許多古物，正是病毒從古墓中**偷**出來的。」

　　胡明緊張地壓低聲線：「少胡說，告你**誹謗**啊。」

　　我笑着，「好，好，你的**車**在哪裏？」

　　他於是帶我上了他那輛殘破不堪的舊車，我忍不住調侃他：「這輛車也是出自什麼古墓的吧？」

　　胡明翻着眼：「你去古墓找輛汽車給我看看。我**喜歡**用舊車，不行嗎？」

　　我不和他在這個問題上爭論，他一邊開車，我一邊將齊白寄給我運動攝影機的事情向他敘述一遍。

　　當我說到第二段影片的聲音內容時，他疑惑道：「**玻璃破裂聲**？」

「嗯。」我說：「玻璃最早出現的**紀錄**，就是在古代埃及。」

「但齊白為什麼要打破它們？古埃及的玻璃器具是**稀世珍品**。」

我深深吸了一口氣，「你一定知道一個人叫單思。」

胡明點頭，「當然知道，這個人真了不起，他曾經協助我**解決**過不少難題。」

「他死了，不知為了什麼原因被暗殺。」

　　胡明驚訝得煞停了車，幸好我有繫上 **安全帶**，不然我已經破窗而出，去見單思了。

　　「什麼？單思死了？我不久前才見過他。」胡明顯得很驚訝。

　　我也不禁一怔，「你見過他？什麼時候？」

　　「不到兩個月前，**就在開羅**。」

　　反正車子已停在路邊，我對胡明說：「將你和單思見面的經過，詳細講給我聽聽。」

　　「好，他那次來見我，情形有點怪。」

　　胡明說那時他正在研究室裏工作，單思忽然前來，擺脫了所有人，直闖進胡明的房間，一開口就問：「有沒有見到齊白？有沒有見到他？」

　　單思的神情看來十分焦急，胡明 **搖頭** 道：「沒有，最近沒有聯絡，你找他有什麼事？可是他最近有了什麼發現？」

單思發出一連串的苦笑聲，**團團亂轉**，胡明好幾次想令他坐下來，都不成功。單思一面亂轉，一面說：

「**大發現，天大的發現 ——**」

他講到這裏，雙手按住了桌子，瞪着胡明。胡明也興奮起來，因為他知道，能令單思舉止失常的，一定是**極度了不起的發現**，胡明問：「是什麼發現？」

單思突然尖叫了起來，情緒失控，「是什麼發現？那發現足以令到……我們……**全人類**……」他講到這裏，急促地喘着氣，突然之間，一手將胡明桌子上的大半東西掃跌在地上。

這桌子上不但有許多胡明做研究的**心血結晶**，還有不少用作參考研究用的古物，包括一疊可能是《聖經》的**原稿**。單思應該知道這些東西的價值，但他卻將這些東西當成垃圾一樣掃落。

胡明又驚又怒，大罵道：「你瘋了？」

「我瘋？你才瘋！」單思指着桌上、地上的東西，「這些算是什麼？這些東西還值得繼續研究？既然你沒有見過齊白，我走了。」

單思轉身就走。胡明大叫：「**等一等**，你還沒有説清楚，齊白發現了什麼？」

單思冷笑道：「對不起，胡教授，我們的發現，你不會感到興趣，那是你**知識範圍以外**的事。」

胡明一聽他這樣説，氣得七竅生煙，大聲道：「只要是你和齊白發現的，就一定在我知識範圍之內！」

「單思怎麼回答？」我問胡明。

胡明説：「他沒有回答，一直怪笑着，走了。」

「你沒有 **追**？」

「我為什麼要追他？」胡明神氣道：「不論他們有什麼發現，若弄不明白，能找誰？最後還不是要來找我！」

「那麼他們有沒有再找你？」

胡明 **垂頭喪氣**，「沒有，我甚至不知道單思已經死了。」

我知道胡明 **自尊心** 強烈，所以我小心地問：「照你看來，是不是有什麼埃及的古墓，在你的知識範圍以外？」

我已經問得**小心翼翼**，可胡明還是勃然大怒：「放屁！」

他突然又開動車子，我很自然地問：「去哪裏？」

「**你不是要去見病毒嗎？**」

我很高興，「我早就知道你有辦法！」

「他會不會見你，我還不能肯定，我只是和他的一個看護主任**聯絡**過，看護說他習慣於安靜生活，不願見人，我們要到了他那裏再說。」

第六章

盜墓之王

車子一直向前駛，轉了一個彎，那時已經是夕陽時分了，在滿天晚霞之下，我看到了那座白色的 豪宅 。在高高的白色圍牆內，有一棟大洋房，和許多附屬建築物，都是純白色的，在夕陽下看來，美麗之極。

圍牆外是一大片極整齊的草地， 草地 中有一條車路，直通大鐵門。

我禁不住説：「看來病毒比 法老王 還會享受。」

　　車子在門口停下，一個穿着鮮明**制服**的看門人走過來，訝異道：「胡教授，主人沒吩咐説你會來拜訪。」

　　胡明探出頭來，「請現在**告訴**他。」

　　看門人面有難色，但還是打開了門，胡明駕車直駛進去，停泊好車子後，兩個穿着同樣鮮明制服的男僕，帶胡明和我進入客廳。

　　大約等了十五分鐘，一個妙齡少女走了進來，她穿着**護士**制服，容顏明麗，説她的主人願意單獨見我一人。

　　胡明心裏*有點不是味兒*，向我瞪了一眼：「要不要我等你？」

　　我想了一想，「不知道會聊多久，你先回去吧。」

　　那護士領着我，經過一條走廊，來到一個極大的棚，至少有五十米見方，一邊是大游泳池，頂上是玻璃，垂下許多**熱帶**的蔓籐類植物，輕播着南太平洋情調的音樂，充滿熱帶風情。

　　一個老人躺在一張懸掛在架上的**睡椅**上，有護士在旁邊為他輕搖睡椅。

　　我知道那老人就是病毒，**天下第一盜墓人**，我對這個人聞名已久，但見面倒是第一次。

那張睡椅很大，病毒的身子有一半陷入柔軟的墊子中，他個子小得出奇，看來只有一米多一點，站起來的話，只到普通人的腰際。

他不但**矮小**，而且出奇的**瘦**，皮膚滿是皺紋，頭髮稀疏而長。不過，他的一雙眼睛十分有神，向我望過來時，有一股懾人的力量。

他一看到了我，就向我招了招手：「過來，過來。」

他一開口，聲音**洪亮**得驚人，令我怔了一怔，他接着説：「你就是齊白説的那個衛斯理？」

「是的。」

一個護士搬了一張籐椅過來給我坐下，病毒用他炯炯發光的眼睛**打量**着我：「齊白不怎麼肯服人，但他説，如果你加入我們這一行的話，會比他出色。」

我不禁苦笑，「那是他的客氣話。」

病毒不置可否地「嗯」了一聲，「你來找我是⋯⋯」

我 **闖門見山** 問：「我想知道，大約在兩個月前，你叫他到什麼地方去？」

病毒聽了我的話，不禁怔了一怔，沒有承認，也沒有否認，只說：「我和他聊過一些地方，例如有一個中國 **皇帝**，死前一共造了七十二個假墓，而我已經知道他真正葬在哪裏，並向齊白提及過。」

「不會是這個，還有其他嗎？」我這樣肯定，是因為我對「**曹操七十二疑塚**」的所知，不會比病毒少。

病毒接着又提及了幾處地方，但都是遠離埃及的，有一處甚至在澳洲，我知道他在故意 **敷衍** 我。

「我看這些地方都不是。他去的地方一定在埃及附近，因為另一位盜墓人單思，接過他的 📱**電話** 後，來了埃及參與他的行動。但不知道他們遭遇了什麼事，竟然被追殺，單思因此死了。」

病毒一聽到我說單思死了，立即坐起來，失聲道：「什麼？單思死了？他是怎麼死的？」

我苦笑道：「被一流的 **狙擊手** 槍殺，警方仍未查出元兇。」

病毒極力保持鎮靜，又 **躺** 了下來，平淡地說：「哦，單思死了。」

我想刺激他說出真話，於是說：「你不覺得自己應該對單思的死負上一點責任？」

病毒故意伸了一個懶腰：「我要負責？難道你説那個槍手是我派去的？」

我早就知道病毒是一個**老滑頭**，我只好步步進逼：「單思好好的在家裏，是齊白打電話去，叫他一起參與工作。而齊白要去的那個古墓，難道不是你叫他去的嗎？」

這時病毒已經對我**不耐煩**了，「年輕人，我不知道你在説什麼，如果沒有別的事情——」

他不用説下去，已經有兩個身形極其高大粗壯，穿着古埃及武士服飾的大力士，向我走過來説：「請你離開。」

兩名大力士還各自牽着一頭黑豹。這種黑豹是所有兇殘動物之中最**危險**的一種。

我一面後退，一面説：「齊白寄了一部運動攝影機給我，裏面有他所**拍攝**的片段，片段中他埋怨是你叫他去——」

我的話還未說完，那兩個大力士鬆了一下手，兩頭黑豹便向前撲來，我狼狽地轉身**狂奔**，逃出了病毒的「宮殿」。

我很 *後悔* 沒有叫胡明等我，以致我要走一大段路才截到車子回胡明的住所。

胡明開門迎我進去時，神情緊張地問：「怎麼樣？有沒有結果？」

我搖着頭，「一點**收穫**也沒有，我是被兩個大力士和兩頭黑豹趕出來的。」

胡明笑道：「那些受過訓練的黑豹，一共有八頭之多。病毒的住所真是一座**寶庫**，他歷年來所得的寶物和金錢，全在他的住所之中。」

這時候，電視忽然報道一則突發新聞，在半小時之前，有一架小型飛機起飛後發生**爆炸**，機組人員無一生還。新聞報道員還說：「據知，除了機組人員之外，這架小型飛機的乘客一共有六人，全是聯富拍賣公司的高級人員……」

聯富拍賣公司的**六個高級人員**！太巧合了，我幾乎可以肯定，遇難的就是我在飛機上見到的那六個人。

這六個人曾向我提出，要以巨款收購齊白給我的「東西」，而現在這六個人又突然一起遇意外身亡，所有事情好像**環環相扣**，而且極不尋常。

胡明有事外出，我用**手機**打電話給白素，了解一下她那邊的情況。

據她說，警方檢驗了單思體內的子彈，發現那是一種十分奇特的來福槍子彈，在國際警方的檔案資料庫裏，也沒有這種子彈的紀錄。那子彈的設計極其先進，顯然是一種新的槍械武器。

警方根據子彈射來的角度，推測子彈是從警局對面一幢大廈三至五樓的其中一個窗口發射的，可是多番調查，仍未找出元兇。

我也向白素交代了這邊的情況，我們不約而同地覺得，那大國的太空總署掌握最尖端的科學技術，那顆先進的子彈，說不定也和他們有關。

「難道單思是太空總署的人殺的？」我驚訝地叫了出來。

白素分析道：「暫時不能確定。你提到的那六個太空總署人員，他們不是也死了嗎？如果那不是意外的話，他們的死就和單思的死 **如出一轍**，行兇者可能是同一人或同一個組織！」

我和白素繼續分頭行事，掛線後，我在胡明的書房裏來回踱步，思索着所有事件之間的關聯。

突然之間，電話鈴聲又響起，但不是來自我的手機，而是胡明書桌上的電話響起來。

胡明不在家，我替他接聽說：「你好，胡明教授不在家。」

那邊靜了片刻，才有一把奇怪的聲音傳來，那聲音既似 **人聲**，又像 **機器聲**，他說：「衛斯理先生？」

我一聽，不禁驚呆住，這電話竟然是找我的？

第七章

怪電話

　　我在胡明家裏，沒多少人知道，來電者的聲音既非胡明，也不是白素，難道是病毒得知我有齊白的影片，後悔把我趕走，所以派人打電話給我？

　　我回答對方：「是，哪一位？」

　　那聲音説：「衛先生，對你來説，我是*陌生人*，但是我很想見你。」

　　「為什麼？」

「見面再講，好不好？」那聲音聽來十分刺耳，卻是極其標準典雅的 **英語**。

「好。」我説：「你知道我在哪裏，可以來見我，我等你。」

「真對不起，我不能來見你，懇請你來見我。」

「真 *滑稽*，是你想見我。而且我根本不知道你是什麼人，你為什麼會知道我在胡明教授這裏？」

他 *遲疑* 了一會才説：「你來了之後，就會明白。」

「好，你在哪裏？」我希望先 **探問** 多些資訊。

「二十九點四七度，二十九點四七度。」

我不禁罵了一句：「那是什麼地址？」

「對不起，我忘了說明，是北緯二十九點四七度，東經二十九點四七度。」

他用 *經緯度* 來說明約見地點，簡直令人啼笑皆非，我正想追問下去時，他又說：「衛先生，請你要來，盡快來。」

我忙道：「等一等，你——」

那聲音卻不理會我在講什麼，只是一直重複着：「請你要來，盡快來。」

重複了幾次之後，電話就掛斷了。

我放下電話，找了一張地圖，依據那人所說的經緯度，查出那位置是在埃及開羅西南方向的一處沙漠。用直線來計算距離的話，在開羅西南兩百公里。

　　雖然只有兩百公里，但實際上就算有充分的準備和理想的交通工具，在 **變幻莫測** 的大沙漠中，也充滿着各種各樣無法估計的兇險。我值得為了一個莫名其妙的電話而去冒這個險嗎？

　　這時胡明恰巧回來，看到我在翻他的 地圖，不滿道：「你在幹什麼？別亂翻我的東西。」

　　我連忙告訴他：「剛才有一個神秘電話打來這裏找我，叫我到經緯度同樣是二十九點四七度的地方去見他。」

　　胡明也感到莫名其妙，皺起了眉，突然去打開一個 **櫃子**，取出一些更詳細的地圖來，口中念念有詞：「二十九點四七，*二十九點四七*……」

　　沒多久，他就在其中一張地圖上，找到了那個 **座標**，而且在那個座標上，有一個紅色的交叉，下面注着一行小字：「流沙井，旋轉性，沒有時間性。」

我呆了一呆，「這是什麼意思？」

胡明說：「**流沙井** 是最危險的一種沙漠現象，沙在不斷流動，像是水流一樣，當然速度要慢得多。流沙井由一種特殊的地形和風所形成，是沙的旋渦，幾乎可以將任何東西扯進去，永遠沒有機會再冒出來。」

我暗中捏了一把 **汗**，「如果我去的話──」

胡明非常嚴肅地望着我說：「你一進入流沙井的範圍，就會一直 **向下沉**，天知道你會沉到多深。」

「天！那電話不是惡作劇，而簡直是謀殺！」我氣憤道：「只有病毒知道我在你這兒！」

胡明怔了一怔，「你認為電話是病毒派人打來的？但他知道我熟悉沙漠的地形，不會用這個 **笨方法** 來害你。」

「可能他覺得把我當傻瓜 **戲弄** 一下，也是好

的！」我氣憤難平，「這個壞老頭太**可惡**了！如果他再敢來作弄我，我一定還以顏色！」

我的話才一講完，就聽到一陣門鈴聲。胡明去開門，一個滿頭大汗的埃及人，**神情惶急**地走進來，胡明一看到他，就問：「阿達，什麼事？」

那個叫「阿達」的埃及人還在喘着氣，未能説話，我趁機用疑問的**眼神**望向胡明，胡明顯得有點難以開口，猶豫了一下才介紹道：「阿達是病毒的徒弟，我和病毒有點聯繫，阿達是中間人，而他本來是我的學生。」

病毒竟敢派人來 **作弄** 我，我也毫不示弱，捋起衣袖，擺出一副「放馬過來」的架勢。

胡明知道我在想什麼，連忙隔在中間，這時阿達才緩過一口氣來，說了一句莫名其妙的話：「他們又來了！」

「誰又來了？」胡明問。

「他們！他們！」阿達 **雙手** 掩着臉，說話條理不清，忽然又冒一句：「一定是齊白沒做成功，所以他們又來了。」

我一聽到他提起齊白，便忍不住大聲喝問：「你說什麼？」

阿達被我的惡相嚇了一跳，胡明連忙用手肘碰了我一下，示意叫我保持冷靜，然後他溫和地問阿達：「這位是

我的 **好朋友** 衛斯理。你剛才提及『他們又來了』，又
說『齊白一定沒做成功』，究竟是什麼意思？」

　　阿達望着我，「哦」地一聲說：「是你！你今天來
過，在你走了之後不久，*他們又來了*。」

　　他不斷說「他們又來了」，可是始終沒說「他們」到
底是誰，聽得我十分惱火，他分明是病毒派來作弄我的，
我忍不住一拳打在書桌上，威嚇他：「如果你再不老老實
實回答問題，我就把你 **丟到沙旋渦去** ！」

　　這一拳的力道確實是大了一些，令胡明的古董桌子也 凹陷 了下去，胡明不滿地瞪着我，而阿達的雙眼瞪得更大，整個人直跳了起來，伸手指着我，顫聲道：「你……你……和他們是一伙的？」

　　我怒不可遏，正想往書桌再打一拳之際，胡明連忙把我抱住，對阿達説：「阿達，看在我這張桌子的份上，你整理一下自己的 思路 ，好好回答我們的問題吧。你説他們又來了，是不是他們以前曾經來過？在什麼時候？」

　　阿達像是很怕我，後退了 兩步 ，才連連點頭道：「對，他們曾來過，大約在……三個月前。」

　　胡明繼續問：「他們來見病毒？為了什麼事情？」

第八章

「他們」
又來了！

阿達又望了我半晌，看到胡明把我 ***制止*** 住，他才鎮定了一些，可以比較有條理地回答問題。

阿達口中的「*他們*」，是三個人，三個都穿着沙漠游牧民族服裝的男人。

那種服裝十分**寬大**，白色長袍連着頭套，據阿達説，那三個男人來的時候，頭罩拉得十分低，連臉也看不清。

當時阿達在警衛室，負責監看整個住宅的大門和圍牆。那時是下午，他從熒幕上看到大鐵門外有一輛車子駛近，停在門前，三個穿着**白長袍**，連臉也看不清楚的男人下了車。其中一人對看門人説：「我們要見**哲爾奮先生**。」

看門人呆了一呆，「這裏沒有什麼哲爾奮先生。你們早已闖進了 **私人地方** ，請立即離去。」

那來人的聲音又冷又硬，極不自然：「怎麼會沒有？哲爾奮先生，就是 **你們的主人**，這所巨宅的主人。」

看門人的神情極疑惑，通過閉路電視在監看的阿達也很疑惑，「哲爾奮」這個名字聽來十分陌生，連阿達也沒有聽說過。

阿達用  **通訊系統** 向看門人說：「請三位來客等一會，我去通報。」阿達轉過身，按動了一下掣鈕，向病毒報告有客人來訪。

病毒當時獨自在 **第三號收藏室** 中，他的巨宅裏一共有二十間收藏室，全是禁地，除了病毒之外，只有齊白和單思有幸曾參觀過。

病毒聽到阿達的通報後，**憤怒**道：「什麼人要見我？我在收藏室的時候，不見任何人！」

阿達説：「是，師父。不過這三個阿拉伯人，要見哲爾奮先生，還説那是你的名字。」

病毒驚訝地「啊」了一聲，然後説：「我在書房見他們，你去帶他們進來。」

阿達於是去帶那三個人前往**書房**。阿達覺得這三個人很古怪，即使站在他們旁邊，也看不清三人的容貌，因為他們的頭巾實在壓得太低了。而這三個

人對眼前那些比宮殿還要豪華的**裝飾**居然毫無反應，沒有發出半點驚嘆聲。

他們來到極寬敞的書房，病毒已坐在一張銀白色的天鵝絨 **安樂椅**上。

令阿達感到有點驚訝的是，病毒很少見客，萬一要見，那幾個**保鏢**一定在場，但這時只有病毒一人。

阿達帶着那三個人來到一組沙發前面，病毒説：「三位請坐，三位從庫爾曼來？」

庫爾曼是波斯北部的一個山區，十分偏僻。

那三個人擠在沙發的一邊坐下來，其中一人回答道：「不，我們不是從那裏來，比**庫爾曼**遠得多了，哲爾奮先生。」

病毒略為震動了一下，「阿達，你出去。」

阿達答應了一聲，剛要退出去，病毒忽然又改變了主意：「阿達，你留下來 **侍候** 也好。」

阿達立時又站定，病毒繼續和客人聊天：「我沒有用那個名字超過七十年，三位居然還能知道。」

他們其中一人說：「誰會忘記這個 **偉大的名字**？東突厥頡利可汗所建的神廟，隱沒在地下一千多年，就是由這個偉大名字的人發掘出來的。」

病毒滿是 **皺紋** 的臉上，現出了高興的笑容，「三位來是——」

「我們想委託哲爾奮先生進行一件事。」

病毒皺了皺眉，「我已經 **退休** 了。」

那人很急切，「除了你之外，我們想不到有什麼人可以進入那墓室去。」

　　病毒嘆了一聲，「早十年，或許還能接受這樣的挑戰，如今，我真的已經退休了。」

　　那人受到身邊的同伴提醒了一下，然後對病毒說：「或許，我還沒有提及**報酬**。」

　　病毒笑了起來，「你們進來的時候應該可以看得到，**世上**已經沒有什麼酬勞可以引起我的興趣了。」

　　病毒幾乎已**擁有一切**，金錢對於他，沒有任何刺激作用。

　　但那人說：「哲爾奮先生，我們提出的酬勞是——」

　　那人的白袍長袖一直蓋在沙發前的**木桌子**上，他講到這裏的時候，忽然將長袖移開了一點，病毒一看，登時**雙眼發亮**。

　　可是由於角度的關係，阿達所站的位置看不到那桌子邊上到底有什麼。

病毒定了一下神，突然說：「阿達，你出去。」

阿達答應着，了書房。

聽到這裏，我忍不住叫了出來：「你真的出去了？」

阿達睜大了眼，「當然啊。」

「那麼，那三個人給你師父看的，是什麼東西？」

「我不知道，我那時的位置看不到。」阿達說：

「我出了書房之後，想到 師父 只吩咐我出去，沒有叫

我走遠，所以我就在書房門口等着，大約等了十分鐘，我又聽到師父的聲音叫我進去。」

阿達繼續叙述，他回到書房時，看見病毒正在急速地來回踱步，神情興奮，一看到阿達就說：「快，用一切可能，在 **最短時間** 內找齊白來！」

阿達連聲答應，又退了出去。

那三個神秘客人在接下來的三天，都住在 **客房** 之中，病毒則是每天都不斷 **追問** 阿達找到齊白了沒。

齊白在三天後終於聯絡上了，他在巴黎，病毒立即安排 **私人飛機** ✈ 去巴黎接他來。

齊白也是阿達帶進書房去的，阿達記得十分清楚，齊白一現身，那三個神秘來客一同轉頭向齊白望來，他們眼睛所發出的怪異光芒，使齊白也不禁身子一震。

病毒站起來，「*過來，有一件事***要交給你去做。**」

齊白張開雙手向前走去，與病毒緊緊 了一下，「酬勞是什麼？」

病毒 呵呵 笑着，「我已料到你第一個問題是這個。只要你做得成，酬勞是——我二十間收藏室，隨便你要一間。」

這句話才出口，齊白整個人都呆住了，旁邊的阿達更忍不住「啊」地驚呼了一聲。

病毒那二十間收藏室，阿達雖然沒有進入過，但內裏有多少 稀世奇珍，他也約略知道。病毒一開口就給出如此驚人的酬勞，那麼他從那三個神秘客人得到的好處會是什麼？那簡直 無法想像。

阿達一發出驚呼聲，病毒就喝道：「阿達，出去。」

阿達叙述到這裏時，我不由自主地叫：「不，阿達，你得留着！」

　　阿達向我望來，誰知胡明比我更狂，竟雙手抓住阿達的**衣服**，激動地說：「不！病毒不會這樣對齊白說，不會！」

　　「是真的。」阿達說。

　　胡明喘着氣，「如果齊白要的是那個完整的金字塔中心部分，病毒難道也答應？」

　　「我不知道。」

阿達一臉無辜。

　　我走過去，將

胡明和阿達分開。

胡明喘了一會氣才鎮定下來，「對不起，阿達。你們不知道，病毒的收藏中，有一組寶物，是他在金字塔中得來的，一個法老王用來葬他的小兒子，那是無價之寶，全是 黃金 鑄成。」

我不禁笑道：「那又怎樣？這組寶物在病毒那裏，和在齊白那裏，有什麼不同？反正都不會給你。」

胡明的眼睜得老大，「當然不同！病毒已經老了，他死後有可能將全部珍藏 捐 給國家。而齊白，任何東西到了他的手裏，都有可能賣給別人！」

「你不必瞎緊張，你沒聽阿達說，齊白要完成任務之後，才能得到報酬。」

胡明苦笑了一下，「有什麼 墓室 是齊白進不去的？」

「他能否完成任務，我不敢 判斷，但可以肯定的

是，他目前不知所終。」我連忙又問阿達：「你知道病毒要齊白去的墓室在什麼地方嗎？」

阿達搖着頭，「不知道。但我離開書房的時候，故意**拖慢**步伐，所以還聽到了幾句對話。」

當時阿達聽到齊白驚喜地問：「你説真的？」

病毒堅定地説：「我什麼時候**騙**過你？」

齊白着急道：「好，那墓室在什麼地方？」

病毒説：「這三位客人會向你詳細解釋，他們要的，是那墓室中所有的**屍體**。」

第九章

聽完阿達的敘述，我緊張地問：「你聽清楚了？病毒說那三個人要的，是那墓室中所有的屍體？」

阿達肯定地點頭，「對。」

我望向胡明，「有人會闖入古墓去，目的只是偷屍體嗎？」

「當然有。」胡明說：「看是什麼人的屍體。屍體、**木乃伊**，本身都極有價值。」

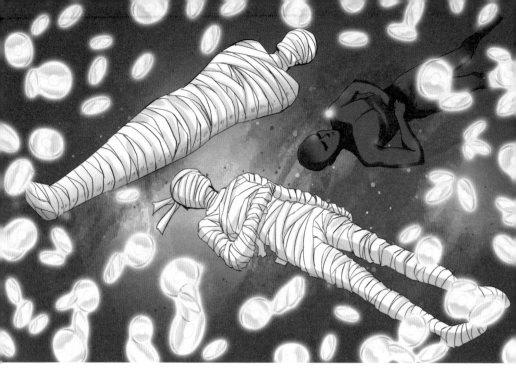

　　「但病毒給齊白的酬勞如此驚人，可想而知，那三個神秘人給病毒的好處更甚，屍體除了學術上的價值之外，還會有什麼價值？那三個人能用什麼酬勞**吸引**病毒？」

　　對於我這些問題，大家都只能*面面相覷*，答不上來。

　　我又問阿達：「齊白走的時候，也是你送出去嗎？他有沒有說些什麼？」

「有，他讓我 **猜一猜**，他要了我師父的什麼寶物。但我沒有猜，當時我的心裏只想着，如果可以當他的助手參與任務就好了。」

「那麼你有對他說嗎？」我問。

阿達嘆了一口氣，「我說了，但他認為我不夠**資格**，他說全世界夠資格與他合作的，只有那個中國人。」

我們當然知道，齊白所指的中國人就是單思。

據阿達說，那三個人和齊白離去之後，病毒的情緒變得很古怪，像是焦急地**期待**着什麼。

病毒吩咐，一有齊白的消息，立時通知他。可是齊白**一直沒有消息**。

阿達敘述完後，胡明立即追問：「你說那三個人又來了？」

阿達又現出**驚駭**的神情來，「是的，他們又來了，就在兩小時前。他們的裝束和動作，跟上次來的時候完全一樣，十分古怪。」

據阿達説，那三個人進入書房見病毒時，他趁**門**打開之際，向內偷望了一下，看到病毒在書房之中，背負雙手，急速地踱着步。

在阿達的記憶中，病毒不論碰上什麼大事，都未曾這樣**急躁不安**過。

阿達故意留在門外偷聽，但是他只聽到一些劇烈的爭吵聲，他愈聽愈害怕，又不敢**闖入**，想來想去，沒有什麼人可以訴説，只想起了胡明，所以就直奔胡明的**住所**來。

胡明埋怨道：「你現在來找我又有什麼用？那三個人和齊白的事，你又不早對我説！」

我連忙問阿達：「照你看來，病毒是不是受着什麼**脅逼**？」

阿達大力搖頭，「我不知道，我真的完全不知道。」

我望向胡明，「病毒上次和我見面，一點實話都沒有說，我要再去找他。」

怎料話音剛落，**門鈴**又突然響起，我聽到一把十分急促的聲音在大聲問：「衛斯理先生在嗎？」

胡明和阿達一聽到那把聲音，就怔了一怔，阿達立時壓低聲音説：「糟，**大師兄**來了，我得躲一躲。」

胡明打開了書房的另一扇門，**連拉帶推**，將阿達塞了進去，接着，他才去開門，大聲説：「啊哈，是什麼使我們偉大的人物到我這裏來？」

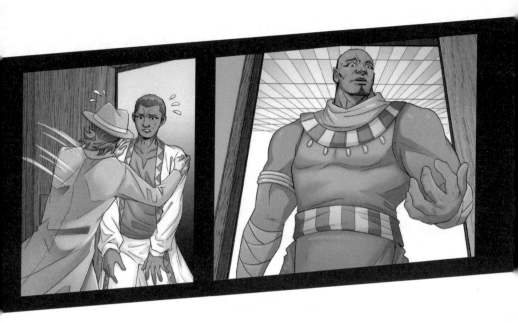

　　隨着那過分阿諛的歡迎詞，一個身形異常高大，看來極神氣的中年人走了進來。他帶着一股傲氣，向胡明略為點了一下頭，但看到我就 **恭敬** 地鞠了一躬，説：「衛斯理先生，我主人差我來找你。」

　　我故意冷冷地問：「你主人是誰？」

　　胡明像是怕我 *得罪* 了那個人一樣，搶着説：「這位是都寶先生，是最偉大盜墓人的首傳弟子。」

　　病毒派他的大弟子來見我，一定**有事相求**，都寶對我說：「衛先生，主人說，上次他對你不禮貌，請你原諒。」

　　我悶哼了一聲，「如果我已成了那兩頭黑豹的**點心**，不知道你主人可以差你去哪裏請我原諒？」

　　都寶顯得十分尷尬，「主人説，務必要請你去和他見面。」

　　我本來就想再去見病毒，所以也不留難他的徒弟了，爽快答應道：「好，這就走吧。」

　　都寶登時**如釋重負**，「請，車子就在外面。」

　　胡明在我的耳邊低聲提醒我：「如果他開出像齊白那樣的酬勞請你辦事，你記緊問他要那一組完整的黃金葬品。」

　　我曾聽他講起過病毒有一套「完整的黃金葬品」，那是一個法老王為了他**夭折**的兒子所製造的，據説單是黃金本身，重量已超過二十噸，再加上全是一系列的藝術精品，價值之高，無可估計，是真正的**無價之寶**。

　　「衛先生，請盡快出發，主人好像很急於見你。」**都寶**極焦急地望着我。

　　我問他：「是不是那三個神秘來客在逼他？」

都寶一聽，怔了一怔，「確是有三位客人在，也相當**神秘**。」

「神秘到什麼程度？」

「我……也説不上來，他們戴着**頭套**，連容貌也看不清。」

我沒有再説什麼，就跟着都寶走出去，上了病毒派來的那輛**豪華大房車**。

我知道胡明很想跟我一起去，但考慮到阿達仍躲在他的家中，只好送我上車，不捨地向我揮了揮手。

半小時後，車子到達了病毒的「**宮殿**」，都寶匆匆帶着我前往書房。

一到書房門外，門就**自動**打了開來，同時，我聽到病毒焦切的聲音説：「請進來，衛先生，請進來。」

都寶站在門口，向我作了一個「請進」的 *手勢*，我才一進去，書房的門又關上了。

我先不去打量書房的豪華佈置，第一時間觀察那三個神秘人，發現他們正坐在一張長沙發上，情形相當古怪，三個人 *一個擠一個*，坐得十分貼近。

那是一張 **三人沙發**，但由於三個人擠在一起，所以他們只集中在一邊，另外一半空着。

那三個人，正如阿達所説，穿着阿拉伯人的白色長袍，頭上還套着白色頭套，拉得極 **低**，根本看不清他們的臉。

當我一進來，向他們望去之際，他們也向我望來，但他們的頭部只是抬了一下，我依然看不清他們的面容，只看到他們那詭異的目光。

病毒向我介紹道：「這三位是我的朋友，我們將要 **商量** 的事，不必瞞着他們，而且也跟他們有關。」

我不置可否地笑了一下，向病毒看去，只見他穿着十分舒服的絲質衣服，瘦小的身子陷在一張銀白色的天鵝絨 **安樂椅** 中，這時居然願意站起來歡迎我，「衛先生，請坐。」

我點了點頭，在他的對面坐下。這時我已經確定：

他有事求我。

我坐下之後，病毒也坐了下來，我也向那三個一直坐着不動的人點了一下頭。

病毒急不及待說：「衛先生，我講究辦事的速度，不喜歡 **轉彎抹角** 。」

我揚了揚眉，「好，找我來，有什麼事？」

「齊白曾經説過，如果你加入 **盜墓** 這一行，會做得比他更好。」

我笑道：「做一個比齊白更好的盜墓人，並不光榮，也不值得爭取這個 **銜頭** 。」

聽到我這樣説，病毒的臉色霎時變得相當難看，喃喃道：「不應該這樣説，比齊白好，就幾乎和我一樣偉大！」

我冷笑道：「我看不出什麼 **偉大** 之處。」

他的神色更難看了，那雙目光炯炯的眼睛注視着我，但是沒多久，他就恢復了原狀，「別討論這些了，有一件事我想拜託你——」

他講到這裏，又頓了一頓，才説：「我想請你去一處地方，將那裏的屍體全部弄出來，酬勞方面，*隨便你要*，如果你能成功。」

第十章

追問到底

不出我所料，病毒*有事求我*，而且和齊白的任務一樣——去盜墓！

要盜的並不是墓中的寶物，而是墓中的屍體，這真是**怪異**到極。

我吸了一口氣，剛想發問，病毒已擺了擺手說：「不能問為什麼。」

我對他這種態度十分反感，「不准問為什麼？齊白或許就是因為知道得太少，所以招致**失敗**。」

病毒嘆了一聲，「其實不是不准問，而是問了，你也得不到**答案**，連我也不知道為什麼。」

病毒一面說，一面望向那三個人。我也用疑問的眼神向那三個人望去。

他們其中一人發出了一種相當生硬的聲音：「**不能說**。」

我站了起來，「**對不起**，我從來不做自己不明白的事。」

病毒緊張道：「請**考慮**一下你可以得到的酬勞。」

我故意伸了一下懶腰，作出毫不感興趣的樣子。那三人一言不發，態度相當堅持，我只好又打了一個 呵欠，轉身作勢要走。

我才走了一步，他們其中一人終於說：「請等一等。」

我得意地轉過身來，怎料那人卻問病毒：「是不是除了他之外，再也沒有 別人 了？」

病毒長嘆了一聲，「如果在二十年前，我就不會嘆這口氣。」他突然直視着那三個人說：「你們何不提早 實現 對我的承諾？那麼，我就可以親自出馬，不必去求別人。」

　　我心中感到疑惑，那三個人到底對病毒作了什麼承諾，為什麼如果提早實現，他就可以親自出馬，不必求人？

　　只見那人斷然 *拒絕*：「不行，我們不相信任何人。等到你達成我們的要求之後，我們一定履行承諾的。」

　　病毒悶哼了一聲，「事實上，我也一樣不相信你們，誰知道你們會不會真的履行諾言。」

「哲爾奮先生，你只好賭一把了。而事實上，你知道我們有履行諾言的能力，到時一手交一手，你不必擔心。」

病毒又嘆了一聲，「可是這位 **朋友** 要先知道為什麼。」

那人對我說：「衛先生，真的不能告訴你。而且，*你不知道*，比知道好得多。」

我堅持道：「不明不白的事，我決不做。」

那人的語調變得急促：「絕不是不明不白，你只要進入那墓室，將裏面的屍體全部帶出來就可以了。」

「全部是指多少？」我嘗試一點點地探問。

那三人互望了一眼，彼此同意了，發言的那個人才回答：「一共是 **七十四具**。」

我不禁嚇了一大跳，病毒連忙說：「七十四具，其實和一具 **一樣**，只要你能弄出一具屍體來，也就能將七十四具屍體逐一運出。」

我吸了一口氣，覺得病毒的話也不無道理，便問那三個人：「好，那座墓在什麼地方？」

「不能告訴你。」

他們真把我弄得 **哭笑不得**，「哈哈。好得很，你不把地點告訴我，卻又想我到那裏去將七十四具屍

體 **偷** 出來？」

「那沒有什麼說不通的，我們會帶你到那個地方去。」

我登時 **啞口無言**，不知該怎麼反駁。而病毒更當我已經答應了，連忙問：「你要什麼酬勞？」

我於是按胡明教我的說：「如果我成功了，我要全部的那一組黃金 **陪葬品**。」

病毒深吸一口氣，「我早料到，唉，那是世界上最值錢的寶物。」

「我不是自己要這組陪葬品，而是代 **胡明教授** 向你要的。」

病毒咕噥着罵了一句難聽的話，當然是罵胡明的。我又說：「還有，對於盜墓，我是外行。要掘地道嗎？要用什麼工具？我要先去實地考察一下？需不需要用 **炸藥**？會不會損害內部結構？」

我故意提出一連串問題，希望能問到多少是多少，怎料那人說：「不必，通道早已經完成了。」

「你說什麼？」我有點詫異。

病毒忖測道：「一定是齊白完成的，只是他弄好通道後，不知道發生了什麼事，忽然沒有下落。」

我立時又望向那三個人，「你們想成功，就該將那墓室的情形說出來。」

那人說：「裏面的情形如何，我們也不知道，只知道通道已經有了，可以直通墓室。」

我不禁冷笑，「這樣看來，我似乎比你們知道得更多。」

這時病毒才記起，「對，上次你離開時，說齊白把兩段影片寄給你了？」

「沒錯。不過很**可惜**，他的攝影機壞了，拍出來的影片只有聲音，沒有畫面。」

「有帶在身上嗎？快給我們聽聽！」病毒很着急。

我確實有帶在身上，便播放給他們聽，當聽到第二段影片的玻璃碎裂聲時，那三個人不住互望，現出詫異的神色，其中一人説：「難道他把那東西**打破**了？」

「什麼東西？」我問。

他們沒有回答，那人只是不斷説：「他到了墓室，卻沒有把屍體弄出來，還打破了那東西，他**背叛**了我們！」

我疑惑道：「你何以肯定他背叛了你們？説不定他為了完成你們的任務，**身受重傷**，甚至已經**不在人世**呢。」

那人説：「他成功了，他成功進入墓室，卻沒有把屍體偷出來，這不是背叛是什麼？」

我也**發急**了，追問道：「你怎麼知道齊白已進了墓室？你們到底知道多少，為什麼不能先說出來？」

那人的身子有點**發抖**，「這個問題，我們可以等事後才討論。」

我罵他：「放屁，如今要進那墓室去的人是我，不是你們，我要先知道。」

那人居然說：「算了，你不是適當的**人選**。」

他們三人很有默契地一同站起，然後轉身離去。

我料不到事情會發生這樣的變化，一時之間不懂反應，而他們三人又走得十分**快**，一下子已經到了門口。

「等一等！」我叫道。

他們沒有停下，還說：「如果你願意不再問那些愚蠢問題，隨時可以再找我們。」

我怒道：「我怎麼知道去哪裏找？」

那人說：「還記得打到胡明教授住所去的那個 **電話**？」

我怔了一怔，還想說什麼，但他們已經離開書房了。

我一面奔向門口，一面叫道：「**阻止**他們！」

病毒正有此意，立時按下安樂椅扶手的一個掣鈕，通知手下去阻止那三人離開。

而這時我已經走出書房，看到有四名大漢一字排開，攔住那三個人。

可是那三個人仍然向前走，直撞向四名大漢，那些身高兩米的大漢竟像是紙紮的一樣，被撞跌開去，現出極痛苦的神情。

四名大漢一倒地，又有另外四條大漢，牽着四頭黑豹，急急趕過來。

誰知那四頭黑豹一奔到那三個人的跟前，就全部**蹲下**，變得和病貓差不多。

這時，那三個人已快來到走廊的盡頭處，有一道門正自兩邊迅速

地合攏起來，只剩不到二十厘米的縫隙。眼看他們根本無法通過，我也安心 **放慢腳步** 之際，那三個人竟然還是穿出去了！

門一合攏，把其中一人身上白袍的一角 **夾** 住，接着是一下衣服撕裂的聲音，白袍顯然被撕破了，而那三個人自然已 **走遠**。

這時病毒趕到來，狠狠地瞪着我：「你把事情弄糟了，你可知道這是多大的 **損失**！」（待續）

濫竽充數

據這個人白稱，全世界能幹他這　行的，不超過三十人。當然，**濫竽充數**的不算，真正有專業水準的，只有三人：兩個職業，一個業餘。

意思：不會吹竽的人混在吹竽的樂隊裏充數，比喻沒有真才實學的人混在內行人之中。

語無倫次

我認得那是齊白的聲音，他的話持續了很久，大約有十五分鐘，有時像自言自語，有時像不知在對誰說，聽起來簡直是**語無倫次**。

意思：指說話沒有順序邏輯，話講得很亂，沒有條理。

七竅生煙

「就是他！」我氣得**七竅生煙**，「他以為我是死了很久的死人？以為我這裏是一座古墓？」

意思：「七竅」指兩眼、兩耳、兩鼻孔及口共七個孔穴，形容人的眼、耳、鼻、口都冒出火生出煙了，是誇張地形容一個人為了某人或某事十分焦急或氣憤的模樣。

不知所措

馮海呆了一呆，有點**不知所措**，「衛先生，主人不在家，兩個月前，他到埃及去，一直沒有回來過。」

意思：形容人惶恐不安，不知道怎麼辦才好。

信步

馮海大聲答應着，立即走了出去。我**信步**來到幾個陳列櫃前面，看看櫃中收藏着的各種精品，全是世界上所有博物館和收藏家都夢寐以求的東西。

意思：漫無目的地隨意走走。

簇擁

黃堂的手下**簇擁**着我乘搭升降機，我趁機問：「那個人在大廈天台幹什麼？」

意思：很多人緊緊圍繞着或護衛着。

千鈞一髮

要不是我左手在**千鈞一髮**之際抓住了圍牆，只怕我也被他墜落的力道扯下去，雙雙墮斃。

意思：「鈞」是古代的重量單位，「千鈞」指非常重。「千鈞一髮」形容一根頭髮繫着千鈞重的東西，比喻萬分危急或異常要緊。

保釋

我等到呼吸暢順了，立即打電話給白素，通知她找律師到警署去**保釋**單思，我會在警署等她。

意思：保釋可分為警察保釋及法庭保釋，指嫌疑人向警方或法庭繳付現金或接受特定條件後，以獲得暫時釋放、停止其羈押的法律程序。

原稿

這桌子上不但有許多胡明做研究的心血結晶，還有不少用作參考研究用的古物，包括一疊可能是《聖經》的**原稿**。

意思：未經過修改或增刪的文稿。

不置可否

病毒**不置可否**地「嗯」了一聲，「你來找我是……」

意思：不說可以，也不說不可以。形容不表示任何意見。

老滑頭

我早就知道病毒是一個**老滑頭**，我只好步步進逼：「單思好好的在家裏，是齊白打電話去，叫他一起參與工作。而齊白要去的那個古墓，難道不是你叫他去的嗎？」

意思：說話油腔滑調、模稜兩可的人。

如出一轍

白素分析道：「暫時不能確定。你提到的那六個太空總署人員，他們不是也死了嗎？如果那不是意外的話，他們的死就和單思的死**如出一轍**，行兇者可能是同一人或同一個組織！」

意思：「轍」指車輛駛過後所留下的痕迹。比喻前後所發生的事情非常相似。

經緯度

我連忙告訴他：「剛才有一個神秘電話打來這裏找我，叫我到**經緯度**同樣是二十九點四七度的地方去見他。」

意思： 地球上的經度與緯度，可用於標示地球上任何地點的絕對位置。

阿諛

隨着那過分**阿諛**的歡迎詞，一個身形異常高大，看來極神氣的中年人走了進來。

意思： 說別人愛聽的話迎合奉承。

轉彎抹角

病毒急不及待說：「衛先生，我講究辦事的速度，不喜歡**轉彎抹角**。」

意思： 沿着彎彎曲曲的路走。形容人說話不直截了當。

忖測

病毒**忖測**道：「一定是齊白完成的，只是他弄好通道後，不知道發生了什麼事，忽然沒有下落。」

意思： 猜想、推測。

衛斯理系列 少年版 27

盜墓 上

作　　　者：衛斯理（倪匡）

文 字 整 理：耿啟文

繪　　　畫：鄺志德

助理出版經理：林沛暘

責 任 編 輯：梁韻廷

封面及美術設計：Karina Cheng

出　　　版：明窗出版社

發　　　行：明報出版社有限公司

　　　　　　香港柴灣嘉業街 18 號

　　　　　　明報工業中心 A 座 15 樓

電　　　話：2595 3215

傳　　　真：2898 2646

網　　　址：http://books.mingpao.com/

電 子 郵 箱：mpp@mingpao.com

版　　　次：二〇二二年十二月初版

I S B N：978-988-8828-34-0

承　　　印：美雅印刷製本有限公司